Petite Fleur Rose

Texte et illustrations de Lola Swann

Aux merveilleux enfants que j'ai eu le bonheur de garder :
Léon, Nicolas, Éline, Mathieu, Raphaël, Camille, Nino,
Constance, Axel, Philippine, Élia, Martin, Hermine, Priscille,
Emma, Mona, Sohel, Célia Rose, Luna, Juliette, Albane

À Louise, l'arrière-petite-fille de Betty et Jacques

À Timothée et Chloé

Petite Fleur Rose vit à l'ombre d'un grand châtaigner dans une prairie où l'herbe est verte et dorée. À ses côtés, de jolies pâquerettes poussent au gré du soleil et de la pluie. De jour comme de nuit, elles lui tiennent compagnie.

Dans ce lieu tranquille, Petite Fleur Rose est heureuse même si, quelquefois, un peu triste... Tristounette parce qu'elle se sent différente de ses amies les pâquerettes, aux pétales blancs : Petite Fleur Rose est la seule fleur aux pétales de couleur...

Chaque matin, les gouttes fraîches de la rosée réveillent doucement Petite Fleur Rose. Elle observe alors le ciel et la forme des nuages, laisse frémir le vent dans ses pétales, puis annonce gaiement aux pâquerettes : « Fleurs amies, aujourd'hui il fera soleil ! Prenez garde à la chaleur ! »

D'autres fois, lorsque les nuages sont en forme de parapluie ou de grenouille, Petite Fleur Rose s'exclame : « Tiens, cet après-midi, nous aurons un peu de pluie ! Miam, on va se régaler ! »

Mais ses amies ne lui prêtent pas beaucoup d'attention. Elles préfèrent discuter entre pâquerettes, voilà tout ! Parfois même, elles chuchotent dans son dos :

« Mais pour qui se prend-elle, Petite Fleur Rose, avec ses pétales plus vifs que les couleurs de l'arc-en-ciel ?! » grommelle l'une.

« Et pourquoi nous embête-t-elle chaque jour avec le temps qu'il fera ? Nous le saurons bien assez tôt... » soupire une autre.

Petite Fleur Rose n'est pas dupe et sent bien qu'elle n'est pas très appréciée par les pâquerettes. Pour autant, elle ne se laisse pas décourager par leur mauvaise humeur et c'est toujours pleine d'enthousiasme qu'elle leur annonce la météo.

Mais ce jour-là, Petite Fleur Rose a un mauvais pressentiment. Malgré le doux soleil du matin, ses pétales sont restés durs et froids. Qui plus est, dans le ciel, les nuages ont une forme étrange et leur couleur est en train de virer au gris...

« Fleurs amies, dit-elle aux pâquerettes, une tempête se prépare pour ce soir ! Restez bien à l'abri sous vos pétales ! »

Il n'en faut pas davantage aux pâquerettes pour exploser de rire !

« Une tempête ?! » dit en ricanant l'une d'elles. « Ma parole, Petite Fleur Rose a perdu la tête ! »

« Une tempête ?! » se moque une autre. « Décidément, aujourd'hui Petite Fleur Rose est complètement pompette ! »

« Une tempête ?! » poursuit la plus grande des pâquerettes en se tordant de rire. « Saperlipopette, Petite Fleur Rose est vraiment à côté de ses baskets ! »

Toute la journée durant, ce ne sont que quolibets et ricanements. Pauvre Petite Fleur Rose !

Le soir venu, malgré les moqueries, elle avertit à nouveau les pâquerettes d'un ton très sérieux : « Fleurs amies, attention, le vent va se lever... Écoutez-le qui s'approche ! Protégez-vous... ! »

C'est alors que les rires des pâquerettes retentissent de plus belle. Plus fort que jamais ! Si fort que le vent commence à souffler sans que les fleurs ne s'en aperçoivent... Vouh... Vouh... Vouuuuuuuh !...

« La tempête ! » s'exclame soudain la plus grande des pâquerettes qui n'en croit ni ses yeux ni ses oreilles. « Saperlipopette ! Petite Fleur Rose avait raison... » dit-elle tandis que le vent souffle de plus en plus fort, et que la pluie se met à tomber.

« Au secours ! » s'écrie à son tour la plus coquette. « Je perds mes pétales ! »

« Sauve qui peut ! » enchaîne une autre. « Je vais m'envoler ! »

« Et moi me noyer ! » renchérit une petite pâquerette, dont les feuilles nagent déjà dans les flaques d'eau.

« Aide-nous, Petite Fleur Rose ! » demandent les pâquerettes désemparées...

Mais Petite Fleur Rose elle-même s'efforce de lutter contre le vent. Prise dans la tourmente, elle ne sait pas comment venir en aide à ses amies. Tout ce qu'elle sait, c'est que la panique ne résout pas les soucis.

« Fleurs amies, dit-elle aux pâquerettes effrayées, la tempête n'a que faire de vos cris. Respirez doucement et reprenez vos esprits ! »

Une idée lui vient tout à coup. Tant bien que mal, Petite Fleur Rose resserre ses pétales autour de son cœur. Et, pour ménager ses forces, elle laisse le vent la faire virevolter. Une à une, les pâquerettes l'imitent. Protégées grâce à leurs pétales, elles se sentent soudain plus calmes, même si elles ont un peu le tournis…

Dans la prairie, la nuit est maintenant tombée. Le ciel est sombre, la lune et les étoiles scintillent. Sans bouger. Tout a l'air si calme là-haut...

Mais en bas, quel méli-mélo ! La tempête n'en finit pas ! Le vent souffle tellement fort qu'il paraît chanter. Petite Fleur Rose et les pâquerettes se balancent en tous sens, de haut en bas, de gauche à droite... Tant et tant qu'elles donnent l'impression de danser.

« Quel beau spectacle ! » s'émerveille le châtaignier, dont les branches dansent elles aussi, et les feuilles tourbillonnent...

Et toute la nuit, le vent ne fait que chanter, chanter, chanter...

Et toute la nuit, Petite Fleur Rose et les pâquerettes ne font que danser, danser, danser...

Au petit matin enfin, le vent s'apaise, puis d'un seul coup s'arrête.

« Oh ! la tempête est finie ! » s'étonne une pâquerette.

« La tempête est finiiiie ! » répètent les autres, enchantées par la nouvelle.

Et les fleurs lèvent les yeux... Pas une parcelle de nuage à l'horizon ! Plus le moindre brin de vent ! Le soleil brille de mille feux dans le ciel joliment coloré. Si fort que des paillettes d'or semblent sortir de ses rayons !

Folles de joie, les pâquerettes et Petite Fleur Rose s'étirent comme si elles venaient juste de se réveiller, et leurs tiges toutes tortillées redeviennent bien droites. Puis elles déploient leurs pétales autour de leur cœur. Mais ils sont encore humides et froissés par la tempête, ce qui leur fait une bien drôle de tête !

Puis, tandis que le soleil monte de plus en plus haut dans le ciel, les pâquerettes et Petite Fleur Rose se réchauffent. Peu à peu, leurs pétales redeviennent lisses et doux comme de la soie.

Après avoir eu si peur, les fleurs ont envie de plaisanter :

« Plus jamais de soirée arrosée comme ça, oh ça non ! » dit la grande pâquerette en s'adressant au ciel. « Nous sommes repues pour des années ! »

« En plus, ce brushing ne nous sied pas ! » fait remarquer la pâquerette coquette en finissant de repasser ses pétales.

Petite Fleur Rose n'est pas de cet avis : dans la lumière dorée, les pétales des pâquerettes tout juste séchés scintillent comme des diamants. Fascinée, elle leur dit :

« Fleurs amies, vous êtes magnifiques ! »

En entendant ces mots si charmants, les pâquerettes ressentent un léger pincement au cœur. Même si elles se sont moquées de Petite Fleur Rose, celle-ci est toujours aussi gentille…

L'air désolé et les yeux pleins de tendresse, les pâquerettes l'observent en silence. Puis, la plus sage d'entre elles lui dit :

« Merci Petite Fleur Rose, tu nous as sauvées de la tempête. »

« Merci ! Merci ! Merci ! » chantonnent les autres pâquerettes en chœur.

Émue, Petite Fleur Rose leur sourit…

Alors que le soleil commence à réchauffer la prairie tout entière, la plus timide des pâquerettes, à peine plus haute qu'une châtaigne dans sa coque, effleure, du bout des pétales, Petite Fleur Rose...

Les pétales de la petite pâquerette rougissante, d'ordinaire blancs comme neige, se colorent alors d'une légère touche de rose. Rose comme les pétales de Petite Fleur Rose... Et, d'une voix délicate, elle lui demande :

« Dis-nous, Petite Fleur Rose, quel temps va-t-il faire aujourd'hui ? »

Livre autoédité, décembre 2021

Printed in Great Britain
by Amazon

73923875R20020